Theodor Storm

Es waren zwei Königskinder

Theodor Storm

Es waren zwei Königskinder

1.Auflage
Herausgeber Frank Weber

Bibliographische Informationen der Deutschen Nationalbibliothek
Die Deutsche Nationalbibliothek verzeichnet diese Publikation in
der Deutschen Nationalbibliographie.
Detaillierte bibliographische Daten sind im Internet über
http://dnd.d-nd.de abrufbar.

© 2016 Theodor Storm

Herstellung und Verlag: BoD Books in Demand, Norderstedt

ISBN 9783743175044

Theodor Storm

»Es waren zwei Königskinder«

Es ist ein Erlebnis, das ich heut erzählen will; nicht mein eigenes, es ist mir selbst erzählt worden, aber von so lebendiger Erinnerung getragen, daß ich nur hätte nachzuschreiben brauchen.
Mitte Juli war es, eine laue Sommernacht; wir saßen mit unseren Gästen auf der Terrasse unseres Landhauses, und soweit die hellen nordischen Sommernächte es gestatteten, lag um uns her der Garten schon in Duft und Dämmer; nur am Himmel über uns strahlte im Sternbilde des Perseus der prächtige Algol. Wir hatten lebhaft geplaudert, etwas philosophisch sogar, über kleine Ursachen und große Wirkungen. »Soll es doch geschehen sein«, sagte der alte Doktor, »daß nachts eine Maus über die Nase einer königlichen Geliebten gesprungen ist, und der König hat darüber eine große Schlacht verloren!«
Wir lachten; aber das steigende Dunkel löschte das Gespräch allmählich aus. Mein Vetter, der Musiker, der sich die Erlaubnis zu einer langen Pfeife ausgebeten hatte, hielt seine Augen auf den funkelnden Stern gerichtet und blies schon lange schweigend seine Rauchwolken gen Himmel. »Ja«, sagte er jetzt, wie zu sich selber, »wenn man nicht näher zusah, so war es auch nur ein Rausch – ein Räuschlein! – Meine nächsten Freunde vom heiligen Konservatorium, wo sind sie? Man soll sich in acht nehmen; es liegt uns überall im Wege!«
»Was faseln Sie da, Fritz?« frag unser Doktor leise.
»Ich fasele nicht, lieber Doktor, aber es ist so wunderbar um uns; man möchte den Toten einmal Gehör geben; ich hab es Ihnen vor Jahren, da es

mich eben stark geschüttelt hatte, auch wohl schon erzählt!«

Der Doktor schwieg einen Augenblick. »Das mit dem jungen Marx?« sagte er dann.

Mein Vetter nickte.

»Sie haben recht, Fritz, und wenn die Erinnerung Sie drängt, so erzählen Sie es jetzt auch den andern; ich mein, es ist jetzt eine rechte Stunde, und ein gutes Gedenken könnte, wenn man so sagen dürfte, auch denen wohltun, welche nicht mehr sind.«

»Wollen wir das annehmen!« erwiderte Fritz, und da auch wir anderen in ihn drangen, so begann er: »Schon fast zwei Jahre war ich auf dem Konservatorium in *** gewesen, da wurde es mir eines Tages klar, daß für hochbegabte Musiker dort vielleicht sehr viel, für Leute meines Schlages aber trotz der besten Musik, die dort gemacht wurde, verzweifelt wenig zu holen sei; denn eine feste, das Ganze beherrschende Methode der Technik fehlte dem Klavierunterricht dort zu jener Zeit – das ist auch heute noch meine Ansicht, und die Anstalt war seit mehreren Dezennien unter der Direktion eines alten Herrn geblieben, der als Klavierlehrer nur die anstellte, die ihm von den besten Sachkundigen nicht empfohlen waren. Jetzt mag das alles ja ganz anders sein.

Damals aber – nach Beratung mit Gleichgestimmten und nach eingeholter väterlicher Erlaubnis – ging ich Ostern 187* nach Stuttgart, wo die Hochschule der Musik unter Faißts Direktion und mit der Lebert-Starkschen Methode viele Schüler hinzog; zumal auch Liszt – so hieß es – wesentlich nur dort Gebildeten sich musikalisch annahm. Bald war ich geprüft und aufgenommen und hatte Silberburgstraße Nr. 21 bei einem nachdenklichen Schneider meine Wohnung eingerichtet; die Möbelausstattung war etwas dürftig, aber das Zimmer recht groß, und das Pianino, das ich rasch gemietet hatte, klang in dem leeren Raume prächtig.

Noch entsinne ich mich des Morgens, da die erste Stunde für Harmonielehre bevorstand; ein grimmiges Gewitter entlud sich über der Stadt; mir war, als hätte ich solche Donner zuvor noch nie gehört. Ich stand in Zweifel, ob ich gehen sollte; denn ich besaß keinen Regenschirm. Endlich ließ es nach, und ich machte mich auf den Weg. Ein etwas unzufriedener Blick des Lehrers empfing mich bei meinem Eintritt: an ein Zuspätkommen schien man hier nicht gewöhnt zu sein.

In derselben Reihe mit mir saß ein junger Mann, dessen schönes Antlitz während des Vortrages unwillkürlich meine Aufmerksamkeit auf sich zog; unter dunkelgelocktem Haar wandten zwei milde braune Augen sich ein paarmal zu mir. Als wir nach dem Ende des Unterrichts auf die Straße getreten waren, regnete es wieder. »Sie haben keinen Schirm«, sagte er freundlich, indem er auf mich zukam; »wo wohnen Sie? Ich werde Sie nach Hause bringen!«

Ich dankte ihm, und wir gingen unter seinem Schirm meiner Wohnung zu; unterwegs erfuhr ich, daß er der Sohn eines Musikdirektors aus Basel sei, dessen Namen ich später mehrfach in Werken über Musik getroffen habe. Aus seinem Antlitz wie aus seinen Worten sprachen Güte und Verstand; ich fühlte, ich sei bei einem Überlegenen, der gleichwohl diese Eigenschaft mir gegenüber nur gebrauchen werde, mir zu helfen, mich zurechtzuweisen. Und so geschah es auch; obwohl ihm später viel Fertigere zur Wahl standen, er spielte am liebsten doch mit mir; ich sah es bald, wie alle, die ihm näherstanden, ihn verehrten. Aber« – unterbrach sich der Erzähler –»ich muß um Nachsicht bitten, daß ich bei ihm verweile, denn von einem andern wollte ich erzählen; es ist nur – er ist nach einem kurzen Glücke jung gestorben, und die Leere, die mir sein Tod gelassen, empfinde ich noch immer.

Da wir schon meiner Wohnung nahe waren, kam aus einer Nebengasse mit nervöser Hastigkeit, mit stapfigen Schritten ein junger Mann auf uns zu, von gelblicher Gesichtsfarbe und schlichtem schwarzem Haar; seine dunkeln Augen, die er forschend auf mich richtete, schienen fast zu zittern. »Auch ein Konservatorist!« flüsterte mein neuer Freund mir zu; »der Vater ist ein Schwabe, der als angesehener Gelehrter in Metz lebt; daß wenigstens seine Mutter eine Französin ist, sehen Sie wohl selbst.«

Indessen stand er vor uns. »Ah, Walther!« rief er, »wen schleppst denn du da mit dir durch die Stadt?« Er zog seinen kleinen Hut, der, wie seine übrige Kleidung, recht durchnäßt war; denn auch er trug keinen Schirm.

»Kommen Sie, bis der Regen nachläßt, mit in meine Wohnung« sagte ich, ihn begrüßend, »da können wir Bekanntschaft machen, denn auch ich gehöre zu Ihrem Orden.«

Er warf flüchtig den Kopf zu mir herum: »Haben Sie denn auch die Nerven zu dem alleinseligmachenden Anschlag mitgebracht? Es kommt hier auf ein Menschenleben nicht groß an!«

»Ich hoffe«, sagte ich lachend; dann stiegen wir die drei Treppen zu meinem Zimmer hinauf. Der Halbfranzose beguckte, lebhaft mit seinen Fingern spielend, die Bilder vom verlorenen Sohn, die nebst

König und Königin an der Wand hingen, sah dann durch Seine Brille aus dem Fenster in den noch tröpfelnden Regen, dabei unterweilen den Kopf nach mir zurückwendend; dann trat er plötzlich zu mir, musterte meine lange Figur von den Fußspitzen bis zu meinem blonden nordischen Haupte und sagte lebhaft: »Sacré nom de Dieu, Walther! Wo hast du diesen Senfkerl eingefangen?«
»Was bin ich?« Ich wollte schon aufbrausen, aber Walther trat dazwischen: »Wir haben ein gelindes Rotwelsch unter uns: Senfkerl, Senfmädchen ist bei uns der Superlativ vom Allerbesten, und Marx oder alias Lavendel – denn er kann nicht ohne Wohlgerüche leben – redet gern in diesem Idiom. Darüber dürfen Sie ihm nicht zürnen, er ist mein guter Freund!«
»Sans doute! Sans doute!« rief der Halbfranzose; »aber siehst du, Walther – kennen Sie den schon?« unterbrach er sich und wandte sich zu mir. »Nun, Sie werden Ihre Freude an ihm haben! Aber ich meine, Sie sind unser vierter Mann; abends für unsere Versammlungen, wenn bei einer Pfeif Tobak Kopf und Hände wieder zur Ruhe kommen sollen! Der Franz, unser Dritter, das ist der Humorist, man sieht es kaum dem Blondkopf an – Sie werden ihn schon kennenlernen! Aber jetzt, sincères amis, gebt euch die Hände, und hier ist die meine! Smollis! Um Entschuldigung, wie ist Ihr Name?«
»Aber, lieber Herr«, sagte ich etwas verlegen, nachdem ich mich genannt hatte, »geht das bei Ihnen in Frankreich so geschwinde? Wir haben uns ja erst in diesem Augenblick gesehen.«
»Ach, Frankreich!« sagte er; »mein Vater ist ein Deutscher, aus dem gesegneten Lande Schwaben!« Und seine nicht großen Augen leuchteten vor Zärtlichkeit.

Es half eben nichts; ihm war nicht zu widerstehen, Walther und Marx waren meine Duzbrüder.

So war der Anfang unserer Bekanntschaft. Ich hatte bald empfunden, daß hier ein ernster Geist regiere, der jeden nicht gar zu Trägen mit sich reißen mußte; nur die Übung am Klavier beschäftigte uns je drei, ja wohl gar vier Stunden am Vormittage und ebenso am Nachmittag. Abends waren dann unsere »Versammlungen«, die wir wechselsweise auf unseren Stuben abhielten; da wurde geraucht und über das, was uns in den theoretischen Stunden vorgekommen war, ein Quantum hingeredet; auch gesungen wurde bisweilen: unser Hauptstück war ein Terzett a capella, das von Franz, mit dem ich bald zusammengeführt war, auf seinem Zimmer vorgelegt wurde. »Tropfen von Tau«, den milden Anfang hatte es, Melodie und Komponisten habe ich vergessen, ich meine, es war für Frauenstimmen, und wir stiegen dabei eine Oktave tiefer; aber wir sangen es, wie Franz, unser Dirigent, bemerkte, umstandsverhältnismäßig schön; auch Marx war einer von den Sängern. Eines Mittsommerabends waren wir bei Franz; die Pfeifen brannten, die schlecht geputzte Lampe hatten wir des Qualms wegen tief hinabgeschraubt; Walther war nicht da, er wohnte bei einer alten Tante und war dadurch mitunter abgehalten. Marx und ich rauchten schon unsere zweite Pfeife, da – klatsch! ging es, und Franz hatte seinen Morgenschuh ausgezogen und ihn über sich gegen die niedrige Decke geworfen. »Hol der Teufel den Bäcker und seine schwarzen Teufelsdinger!« rief er. »Was rasest du?« sagte ich und blickte mich in der dämmerigen Stube um; aber Scharen von jenen häßlichen großen Küchenschaben, wie sie bei Bäckern – der Hauswirt war ein solcher – ihren liebsten Heimsitz haben, huschten mit ihrer spukhaften Hastigkeit blitzschnell über Deck' und Wände.

»Potz Himmeltausendsakramenter!« rief ich; wir waren alle aufgesprungen; der eine nahm den Stiefelknecht, der andere riß den Handleiter vom Klavier, Franz zog auch den zweiten Schuh vom Fuß, und nun begann eine Jagd: Klitsch, klatsch! Und die Schaben, die ihr Loch nicht finden konnten, waren unsere sichere Beute; auf Tisch und Stühlen lagen ihre zerquetschten Leiber, das Bett war völlig übersäet. Das Jagdfieber ergriff uns immer mehr; wir sprangen vor- und rückwärts, gegeneinander und um uns selber; das Nachtgezücht rannte an uns empor, über unsere Kleider, auf unser Gesicht, und wir schlugen es auf uns selber tot. Aber schon genügte uns der enge Schauplatz nicht mehr; wir rannten zur Stube auf den Flur hinaus, die Mordinstrumente in den Händen; überall waren Schaben; dann die Treppe hinab; Marx trug die Lampe, der Qualm flog aus dem Glaszylinder – da plötzlich im unteren Hausflur öffnete sich eine Wand, es mag wohl eine Tür gewesen sein, und die dicke Gestalt des Hauswirtes stand im baren Hemde vor uns; das bärbeißige Gesicht mit den buschigen Brauen über den kleinen Augen betrachtete uns voll Grimm und Staunen:

»Ho, ho, ihr Herre, was geit's denn? Se alarmieret jo 's ganz Haus! Lasset Se das Zinselwerk und ganget Se hoim!«

Aber Franz legte feierlich die Hand auf seine Schulter. »Mann!« sagte er, »ein Dankgebet wäre Ihrem Munde ziemlicher gewesen als so

nichtsnutzige Reden; kommen Sie mit in mein Gemach und inspizieren Sie dort die Leichen; wir haben Ihnen zum mindesten fünfhundert Schaben totgeschlagen!«
»Totg'schlage?« wiederholte der Mann und lachte grimmig. »Die hättet Se kenne lebe laun!«
»Den Teufel auch!« rief Franz. »Ich mag nicht mit ihnen leben.«
»Ach, Herr Franz, d'Schwobe hänt mer no nia nex vo meim kurze Schlof abisse!« Damit schlug er verdrießlich seine Tür wieder zu und verschwand dahinter, Gott weiß, wohin.
»Der Mann hat keinen Sinn für Höheres!« sagte Franz, und wir gingen etwas abgekühlt nach seinem Zimmer zurück. »Aber was nun, meine Lieben?« begann er wieder. »Schlafen kann ich nicht unter diesen Toten, und, wie mir deucht – sie stinken auch ganz erklecklich! Aber – mich erleuchtet der Geist: die Nacht ist schön. Schaben gibt es draußen nicht – machen wir einen Männerspaziergang!«
»Einen Spaziergang?« wiederholte Marx zögernd, der nach dieser Aufregung recht jämmerlich dreinsah. »Ich bin müde, Franz, und habe morgen vormittag um zehn Uhr Klavierstunde; komm mit mir, du kannst auf meinem Sofa schlafen!«
»Nein, nein, edler Lavendel, gute Gedanken dürfen nicht auf Sofas verschlafen werden. Kommt nur! Durch Kannstatt nach Waiblingen, wo die Wachtturmtreppe so eng ist, daß die Witwe des alten Turmwarts sich anstandshalber mit dem neuen Wächter verheiraten mußte, da sie wegen ihrer Dicke nicht mehr hinunterkonnte! Unser nordischer Freund muß nebenbei auch Schwaben kennenlernen!«

Mit einem Wort, er drängte so, daß wir beiden
andern uns endlich bereit erklärten und die Treppe
mit ihm hinabstiegen. Als wir unten waren,
stürmte er noch einmal hinauf, kam aber sogleich
mit einer Notenrolle wieder herab.
»Was hast du denn geholt?« frag ich.
»Das Allernotwendigste«, sagte er und hob die Rolle
in die Höhe, »unser Terzett!«
Nun gingen wir auf die Gasse; es mochte nach elf
Uhr sein; die Juninacht war schön, einige Sterne
funkelten über uns; aber auf Erden war's doch
dunkel. So marschierten wir zur Stadt hinaus; die
Nachtkühle brachte ihre erfrischende Wirkung,
und schon auf der Chaussee rief Franz: »Was meint
ihr, mir ist, als müßten wir einmal singen!«
»Ja, aber was denn?«
»Was anders als unser Terzett!«
»Aber dazu brauchen wir Licht, wir können's ja
nicht auswendig.«
»Alles vorgesehen«, erwiderte Franz, zog sein
Schnupftuch hervor und entwickelte daraus ein
Kästchen mit Zündhölzern und einige Stümpfchen
Stearinlichts. Wir warfen uns auf einen Haufen von
Chausseesteinen, der am Wege lag; die Lichter
wurden angezündet und daraufgeklebt, Franz hatte
die Stimmen verteilt und taktierte mit der Hand:
»Eins, zwei!«, und: »Tropfen von Tau!« – unser
Terzett strahlte wie ein Stern durch die einsame
Juninacht.
»Schön!« sagte Franz, indem er die Stimmen wie
der einsammelte. »Doch nun vorwärts!«
Marx wollte die beiden Lichter ausblasen, aber er
wehrte ihm. »Laß,« sagte er. »Zur Freude der
Nachtwanderer, die nach uns kommen!«
So ließen wir sie brennen und marschierten weiter.
Da stieg zu Osten unten über den Eßlinger Bergen

ein gelber Mond empor; zugleich schlug eine
Nachtigall, und ein Schauer zog durch die
Obstbäume, die am Wege standen.

De la nuit j'aime le silence:
Doux rossignols, chantez pour moi!

sang Marx mit halber Stimme; dann faßte er mich
unter den Arm, drückte ihn und sagte zitternd:
»Nord und Süd! Wir kommen doch zusammen!«
Noch mehrmals sahen wir zurück nach unseren
Lichtern, bis die schwache Helle nicht mehr zu uns
reichte; dann marschierten wir durch Kannstatt; es
muß nach Mitternacht gewesen sein, die Stadt war
totenstill. So suchten wir denn einiges Leben
hineinzubringen; unsere Stöcke schwingend, tralate
jeder von uns seine eigene Melodie. Da schlurfte es
heran. »He, Sie! Was machet Se denn für en
Heidespektakel? Des ischt hie net der Brauch!«
scholl eine rauhe Stimme, und eine Gestalt mit
Speer und Tuthorn hatte sich vor uns hingepflanzt.
»Mann der Nacht«, sagte Franz. »Lassen Sie uns,
wir fahren jetzt gen Waiblingen.«
Der Wächter sah verächtlich nach unseren Stiefeln:
»Fahre? Und da hent Se's Schusters Rappe dazue
eing'spannt?«
»Ganz recht, Liebwertester, aber« – und Franz
konnte, wenn es ihm nötig schien, ein gar
fürnehmes Wesen vortun – »Er kennet uns wohl
nicht? Wir sind fahrende Sänger, falls Er von
solchen jemals etwas sollte gehört haben; Er aber
ist ein Zuberklaus, und wir wünschten ihm
Verstand und gute Wacht!«
Damit schritten wir rüstig weiter und dem andern
Tore zu, aber noch lange hörten wir den Wächter
schelten.

Draußen malte jetzt der Mondschein die Schatten der Bäume quer über die Chaussee; hinten aus der Stadt schlug es von den Türmen eins. Als wir etwa eine Stunde wacker zugeschritten waren, regte sich etwas in mir, das ich alsbald und zweifellos für Hunger anerkennen mußte; denn seit acht Uhr hatten wir wohl alle nichts gegessen. Aber in Waiblingen! Die Wecken mußten bei unserer Ankunft gerade fertig sein. Ich griff in meine Tasche, fand aber nur vier lose Kreuzer. »Halt!« rief ich, »ich spüre einen Männerhunger.«
Alle standen still. »Warum redst du nur davon!« sagte Franz. »Der Teufel hol, nun fühl ich auch der gleichen.«
»Aber du hast doch Geld zu dir gesteckt?«
»Versteht sich!« rief er und fuhr zuversichtlich in seine Tasche; aber das geöffnete Portemonnaie ergab nur sieben Kreuzer. »Hm!« sagte er, »daß ich bei der Ausfahrt nicht an das schändliche Metall gedacht habe! Aber« – und er sah uns lachend an – »im Grunde war es auch egal gewesen, ich führe doch allzeit mein Vermögen in der Tasche.«
»Ihr seid auch ewig hungrig!« murmelte Marx. Franz nickte ihm zu: »Das verstehst du nicht, Lavendel, du nährst dich nötigenfalls von Schnecken und Knoblauch, wir mögen das nicht! Sieh lieber einmal nach dem Wesentlichen in deinen Taschen!«
Sie wurden umgekehrt, und als Summe unseres Gesamtvermögens ergaben sich dreizehn Kreuzer. »Das reicht für die Morgenwecken!« rief Franz. »Und nun vorwärts auf die alte Hohenstaufenstadt!«
Und weiter ging es, und allmählich begann der Mond zu blassen, und ein leises Morgendämmern zog durch die Welt. Nach zweistündiger Wanderung

scholl ein dumpfer Glockenton zu uns herüber.
»Hört ihr's?« rief Franz. »Die Glocke von
Waiblingen schlägt drei Uhr, nun sind die Wecken
fertig!«
»Da halte ich auch mit«, sagte Marx; »euer
Schwätzen hat mich angesteckt!«
Franz klopfte ihm auf die Schulter: »Siehst du,
Halbfranzöschen, nun wird dein Vaterteil
lebendig.«
Bald hatten wir die alte Stadt erreicht; die
finsteren Giebel sahen auf uns herab, und die
engen Gassen führten uns bergauf, bergab. Aus
einem geöffneten Fenster wehte der lockende Duft
von frischgebackenem Brote auf uns zu, und da ich
aufblickte, sah ich zwei Engel eine goldene Brezel
uns entgegenhalten; aus dem Fenster drang ein
schwacher Lichtstrahl auf die Gasse. »Koin Schritt
gang i weiter!« sagte ich schwäbelnd und klopfte an
die Scheiben des geschlossenen Fensters. Auch die
andern stützten sich auf ihre Wanderstäbe, des
Erfolges gewärtig. Und nach einer Weile fuhr der
Kopf eines Mannes durch die Fensteröffnung mit
weißer Linnenmütze und gutmütigen, noch etwas
verschlafenen Augen und sah uns der Reihe nach
voll Verwunderung an. »Ah, meine Herre«, sagte er
dann, »Se send ja scho früeh auf!«
»Ja, Meister, und wir sind schon von Stuttgart
kommen!«
»Ei der Tausend, scho vo Stuegert? Des wär!«
»Ja freilich; aber saget, sind denn die Wecken
fertig? Wir haben Hunger!«
»No net, ihr Herre, aber bald! Send Se no so guet
und ganget Se derweil in d'Stube!«
Und rasch war die Haustür geöffnet, und wir traten
in ein großes Zimmer, in dessen Verlängerung wir
auf den Backofen sahen. Ein köstlicher Duft

strömte von dort auf uns zu, und in Erwartung der
Wecken setzten wir uns auf die Holzbänke, die um
einen groben Tisch an der Wand entlangliefen. Der
Meister ging zwischen uns und dem Ofen hin und
wider, bald aber schüttete er aus seiner weißen
Schürze einen Haufen Wecken vor uns hin und
schob ein großes hölzernes Salzfaß, das auf dem
Tische stand, in unsere Nähe. Ha, wie uns die in
Salz getauchten Wecken schmeckten, und wie
taschenspielerartig wir sie verschwinden ließen!
Auch Marx hielt tapfer mit, und seine blaßgelben
Wangen röteten sich von dem warmen Brote. Noch
einmal mußte der Meister Sukkurs aus dem Ofen
holen, dann blieb er am Tische stehen und sah
vergnüglich unserer Mahlzeit zu.
»Liebwerter Meister«, sagte Franz, als alles
gesättigt war, und sah ihn zärtlich an, indem er
sich den Schnurrbart wischte: »Sie glauben nicht,
welche Saukerle in Ihrer Zunft sind, selbst wenn
man ihnen tausend Schaben totschlägt! Sie aber
haben sich der unzeitigen Gäste wie ein Vater
angenommen; dafür soll Ihnen auch ein Hochgenuß
bereitet werden. Wir gehören nämlich zu dem
immer seltener werdenden Orden der fahrenden
Sänger!« Damit griff er in die Tasche, reichte uns
die Stimmen, dann bewegte er die Hand: »Eins,
zwei!«, und »Tropfen von Tau!« klang es; wir
sangen, der Meister faltete die Hände über seinem
Bauch, lächelte uns an und taktierte schließlich mit
dem Kopfe.
»Schön; aber schön!« sagte er endlich, »no der
Tenor«, und er sah mit bescheidener Schlauheit zu
uns auf, »der Tenor kommt mir e bissele schwach
für!«
Marx strich sein dunkles Haar sich von den
Schläfen; denn er war der Tenor. »Das macht der

Text, Meister«, sagte er, »das darf man nur so spinnewebenartig singen, wenn's nicht zerreißen soll.«
»Gut gebrüllt, Löwe«, murmelte Franz.
»Ja freile«, sagte der Bäcker; »die Herre verstandet des besser, und schön isch gewea, des laß i mir net nemme! Mer hänt hie au en G'sangverein, aber der goht no im Sommer manchmal furt, wisset Se, wenn's e Fahnenweih oder so ebbes geit. I g'hör au derzue, weil i zu dene Ausflug d' Wecke und d' Hörnle liefere mueß.«
Ein schelmisches Lächeln lief über das hübsche Antlitz unseres Dirigenten. »Nun, Meister«, sagte er, »wir müssen weiter, aber wir sollen unsere Wecken noch bezahlen!«
Aber der gute Mann wehrte mit beiden Händen ab: »Descht mei Sach. 's ischt alles scho in Richtigkeit, und jetzt danki ebe reacht schöä für den schöne Morgegrueß!« Und somit geleitete er uns zur Haustür.
»Ein prächtiger alter Herr«, sagte Franz, da wir draußen auf der Gasse standen; »das Frühstück hätten wir uns ersungen, wo kriegen wir nun den Kaffee? Die geretteten dreizehn reichen dazu nicht.«
Es gab ein Hin- und Widerreden, ich wollte nach Haus, aber ich wurde überstimmt. Marx zog seine Uhr. »Nordischer Siebenschläfer!« rief er und wies gen Osten in eine Nebengasse, »sieh nur, wie dort die Sonne schon am Himmel tanzt! Im nächsten Dorfe lebt mir ein Gastfreund, das heißt: ein Krugwirt, der mich im Frühjahr auf seinem Wagen ein Stück Weges mitnahm und mich dann mit einem Schnaps traktierte; dort laßt uns um den Kaffee singen!«

»Akzeptiert! Vorwärts zum Kaffee!« rief Franz, und wir schritten alle die buckelige Straße hinunter. Es war noch erste Morgenstille, die Schatten der alten Häuser lagen auf den feuchten Steinen, nur am Markte rauschte ein Brunnen aus drei kleinen Röhren, und aus dem Fenster eines oberen Stockwerks sah ein Mädchen auf uns herab, das braune Haar um die verschlafenen Augen, einen Besenstock in der Hand.

Marx streckte die Arme gegen uns: »Halt!« sagte er leise, »Franz, die Stimmen.«

Im Augenblicke standen wir um den Brunnen, und: »Eins, zwei! – – Tropfen von Tau!«

Die Dirne sah lachend zu uns nieder und drückte sich den Besenstock ans Herz; wir aber warfen die Augen zu ihr empor und sangen nicht ohne Innigkeit das Stück zu Ende. »Leb wohl, schönes Kind!« rief Marx, da wir die Stimmen wieder abgaben, »leb wohl, und laß den Tag dir Süßes bringen!«

»Leb wohl! Leb wohl!« riefen auch wir andern, und sie nickte noch einmal, blutrot in ihrem schmucken Angesicht, und verschwand im Dunkel des Gemaches. Wir aber schritten bald zum Tor hinaus, die Lerchen sangen schon, und wie leise Melodie tönte das Rauschen der Rems zu uns herüber.

»Linele!« murmelte Marx und ließ den Kopf auf die Brust sinken.

»Was, Linele? Hieß die Linele? Bist du auch hier bekannt?« frug Franz.

»Ei was, ich sprach nur zu mir selber.«

»So? – Nun, Lavendel, das mußt du nächstes Mal dabeisagen. Übrigens scheinst du dich mit sträflichen Geheimnissen zu befassen!«

Marx tat, als ob er nichts gehört habe, und ging strack voran. Bald hatten wir ein Dorf erreicht –

den Namen habe ich vergessen –, in der offenen Tür eines Hauses, unter einem Schilde mit einem roten Ochsenkopf, stand, von den schrägen Sonnenstrahlen angeschienen, ein grauköpfiger Mann in Hemdsärmeln und mit weißer Zipfelmütze. »Mein Gastfreund«, sagte unser Halbfranzose, und »Grieß Gott, Herr Marx!« rief der Wirt und streckte ihm die runde Hand entgegen und schüttelte sie kräftig. »Wisset Se no, wia mer mit anander g'fahre send? Se hent wölle nach Stuegert aufs Konservatori! Wo kommet Se denn ietzt gar so früeh scho her? Aber wöllet die Herre net rei'spaziere? D' Luft goht kuel vom Tal her.« Wir traten in die große leere Gaststube, Franz warf seinen Ziegenhainer auf den Tisch und sagte mit Würde: »Drei Glas Pomeranzen, Herr Wirt.« Ich erschrak: »O weh, unsere armen dreizehn!« Aber Franz hatte in diesen Dingen stets die Oberleitung.
Der Wirt hantierte schon an seinem Flaschenbort und setzte die Gläser vor uns auf den Tisch. »No«, sagte er zu Marx, »wie goht's? Was machet Se denn? Se send e bißle schmäler worren do rum«, und er strich sich mit dem Finger um seine runden Backen.
Marx nahm sein Glas und nippte: »Ach, Herr Wirt, das ist vom selben, mit dem Sie mich dazumal erquickten. Ja, mich anlangend«, fuhr er fort, »wir drei, wie Sie uns hier sehen, gehören zu dem jetzt so seltenen Orden der fahrenden Sänger, aber wir hoffen frischen Schwung hineinzubringen.«
»Des wär! Ei, was Se saget!« sagte der Wirt und schaute uns mit unglaublich dummen Augen an. »Sie scheinen Zweifel zu hegen, lieber Mann«, nahm jetzt Franz das Wort und sah ihn mit Würde durch seine Brille an; »es ist Ihnen auch nicht gerade zu

verdenken, aber – liebe Sangesbrüder, habt die Güte!« Und er verteilte wiederum die Stimmen.
»Ei was, machet Se koine G'schichte!« rief unser Wirt; »i han jo net da mindeschte Zweifel.«
Aber schon taktierte Franz: »Eins, zwei!« und »Tropfen von Tau!« scholl es in so reinem Dreiklang; ich weiß nicht, half uns der Morgen, der so hell in die Fenster schien; mir war, wir hätten's niemals noch so schön gesungen.
Der Wirt hatte beide Hände auf den Tisch gestemmt und sah uns bewegungslos mit seinen runden Augen an. »Noi, so was!« rief er. »Ebbes so Schönes! Wo hent Se des denn profitiert? Aber halt!« Und er schlug mit der Faust auf den Tisch. »I hol mei Weib! Ah, wia di jung gwea isch, hot se au g'sunge wie a Lerchele! Und mei Tochter, dia hot Klavierstund beim Lehrer hie. Gelt, so singet's uns no emol!«
Er wollte davontraben, aber Franz hielt ihn zurück. »Warten sie, Herr Wirt, wir singen's Ihnen schon gern noch einmal wieder; aber, wissen Sie, hier? In der ordinären Gaststub? Es geht schon auf fünf Uhr, es könnten Leute kommen – das paßt sich nicht für unsern Stand.«
»Ja, ja«, sagte der Wirt, »i hör, i begreif scho, aber kommet Se no nauf in die ober' Stub, in unser guete Stub, da wird's schon gehe!«
Franz warf uns einen triumphierenden Blick zu, und der Wirt führte uns eine Treppe hinauf in eine leidlich möblierte Stube mit niedriger Decke, worin sich außer den Bildern von König und Königin auch eine Art von hartem Sofa vorfand. Dann lief er fort und kam bald mit einer sauberen Fünfzigerin und einem etwa zehnjährigen Mädchen in die Stube. Sie sagten beide ihr »Grieß Gott!« und setzten sich auf Stühle neben der Tür, während der Wirt am

Pfosten stehen blieb. Aber als wir kaum die ersten
zwölf Takte hinter uns hatten, wurde das Gesicht
der Wirtin schon lebendig; sie schlug mit den
Händen auf ihre runden Knie und sah aus ihren
feurigen Augen liebevoll zu uns herüber. »Wisset
Se!« rief sie, da wir eben einen brillanten Schluß
gemacht hatten, »mer hent e Hauzich heut im Dorf!
Das wär e Fraid, wann Se do singe tätet! 's ischt en
alte Liabschaft, 's Bräutigams Vater hot net wolle,
und er hat's Guett g'hett; aber jetzt leit er drüben
aufm Kirchhof und heut lasset sich de Junge
z'sammegebe. Des wär halt schön von dene Herre,
wenn mer do so a paar Liedle könnt z'höre kriege!
Und a Tänzle? Do werdet Se au nix dagege han!«
Ich sah schon, daß dem Franz die Lust zu Kopfe
stieg; auch dem Wirt gefiel der Vorschlag, und
beide Eheleute drängten jetzt, wir sollten bleiben.
»Nu, nu«, sagte der Ehemann endlich, da keine
reine Antwort von uns kam, »verakkordieret's mit
enander!« Damit zog er seine Frau zur Tür hinaus,
während das Dirnlein sich hinterdrein drängte.
»Das geht nicht«, sagte Marx bestimmt, »um zehn
Uhr habe ich Klavierstunde, ich muß nach Haus.«
Franz sagte nichts, aber er saß verdrossen auf dem
Sofa und kaute an einem Strohhalm, er konnte sein
Gelüsten offenbar noch nicht verwinden.
»Liebster Dirigent«, sagte ich, da auch mir des
Abenteuers nun genug schien, »gedenkst du
wirklich den fahrenden Sängerorden mit unserem
einen Terzett gegen eine ganze Bauernhochzeit
aufrechtzuerhalten?«
Er warf den Kopf zurück, und ein sieghaftes
Lächeln flog über sein junges Antlitz; denn schwere
Schritte und ein Klirren von Tassen und Löffelchen
kam draußen die Stiege herauf. »Der Kaffee! Beim

Zeus, der Kaffee!« rief er fröhlich; »du hast recht, Nordmann, wir müssen gehen!«
Und da erschien er und erfüllte das Zimmer mit seinem belebenden Morgenduft; eine dicke Magd trug ihn, die Familie folgte. »Nu, ihr Herre!« rief der Wirt, »was hent Se ausg'macht?«
Aber Franz erklärte, nicht ohne Feierlichkeit, daß eine Versammlung der fahrenden Sänger uns auf den Abend unabkömmlich mache.
Die Frau wollte sich nicht zufriedengeben; sie hatte die Augen immer noch auf unsern schmucken Dirigenten; der Wirt aber rief: »Nu, Weib, wenn's emol net sei ka! Schenk dene Herre ihre Schale voll, se hent no en weite Weag z'mached.«
Ich glaube, nimmer noch hat mir ein Kaffee so geschmeckt, wie Wonne zog es mir durch alle Glieder; dann aber fragten wir nach unserer Schuldigkeit.
Die guten Leute wurden fast zornig, als Franz in frevlem Übermut den Finger auf den Tisch stützte und aufrechnend frug: »Drei Portionen Kaffee?«
Mir fiel das Herz dabei völlig – salva venia – in die Hosen; aber, Gott bewahre! Nur für die drei bestellten Pomeranzen, weiter waren wir nichts schuldig!
Unter vielem Dank und Händeschütteln verabschiedeten wir uns, und da wir nachzählten, waren noch fünf Kreuzer in unserer Reisekasse.
Wir fühlten endlich, daß wir unsere Kräfte ausgegeben hatten, und gingen ohne viele Worte unseren Weg zurück; nur Franz sagte noch einmal wie zu sich selber: »Neun Kreuzer und ein Terzett!«
Etwa halb zehn Uhr vormittags langten wir in meiner Wohnung an. »Nicht einen Schritt weiter!« rief Franz und warf sich auf mein Sofa; »hier laß ich's nachten und auch wieder tagen!« Ich warf

mich, wie ich war, aufs Bett; ich glaube, es war die
größte Müdigkeit meines Lebens. »Und du, Marx?«
frug ich.
Er saß zusammengesunken auf meinem
Klavierbock und sah hundselend aus. »Laß mich
noch ein Viertelstündchen« erwiderte er; »um zehn
Uhr muß ich zur Klavierstunde!«
Wir suchten es ihm auszureden, aber er ging
wirklich.
Wie ich später von dem Lehrer hörte, hatte er
gerade damals vortrefflich gespielt; aber was es ihm
an Nervenkapital gekostet, davon hat er nicht
geredet. – Franz und ich schliefen, bis am andern
Morgen früh die Hähne krähten.

So lebten wir im ersten Jahre miteinander
zusammen in frischem Jugendübermut, jeder für
sich in gewissenhafter Arbeit, Marx in peinlichster
Pflichterfüllung. Im Winter wurde ein größerer
Verein gestiftet – »Drehorgel« hieß er –, wo man
einmal in der Woche im Wirtshaus zusammenkam;
Zweck und Inhalt waren dieselben wie bei unsern
kleinen »Versammlungen«, die aber deshalb nicht
gestört wurden.
Von den drei Freunden hatte sich derzeit Marx am
festesten an mich geschlossen; wir sahen uns fast
täglich. Aber er war nicht eben ein bequemer
Freund, obgleich er mit fast kindlicher Liebe an mir
hing, denn das leiseste Wort konnte ihn
verstimmen, er war von krankhafter Reizbarkeit;
zumal seine Abhängigkeit von der Meinung anderer
über ihn war völlig quälend. War ihm dergleichen
zugekommen, dann, wenn er abends nach der
Versammlung mich nach Hause geleitete, faßte er
krampfhaft meinen Arm, zitterte und knirschte mit
den Zähnen und redete unendlich und immer

eifriger über die meist recht gleichgültige Sache.
»Nicht wahr, du fühlst es! Du, du fühlst es doch
auch, daß ich es nicht ertragen kann!« Ich hörte
meist geduldig zu, oder mitunter hörte ich auch
nicht, oder ich sagte: »Laß doch den Plunder, du
könntest dich um drei Kreuzer noch ins Tollhaus
reden.« Dann wurde er eine Weile still, aber es half
doch nicht. Nie vergesse ich den Abend, da unser
gemeinsamer Klavierlehrer, ein wahrer Vater
seiner Konservatoristen, ihn in der
Nachmittagsstunde, ich weiß nicht mehr wie, auf
den Tod sollte beleidigt haben; der Mensch sollte
ihm vor die Pistole, der Unterricht zum mindesten
sollte aufhören! Ich entsinne mich noch, daß ich
schließlich die Nachtklingel an einer Apotheke
ziehen mußte, um Brausepulver für ihn zu kaufen,
und daß ich ihn in seiner Wohnung selber noch ins
Bett packte. Er machte die Sache anderntags auch
wirklich beim Direktor anhängig, und der gute
Professor schrieb ihm dann: »J'attends Monsieur
Marx pour sa leçon de Vendredi, je lui promets de
ne pas le manger et d'oublier même sa singulière
façon de me mettre à la porte.« – Wir andern
lachten, und so war dieser Fall geschlichtet.
Marx hat mir einmal angedeutet, er sei, da er zum
Musiker bestimmt gewesen, schon als Kind zu
übermäßigem Klavierspiel angetrieben worden, er
habe nachher oft seine kleinen Hände nicht
stillhalten können; vielleicht lag hier der Urquell
dieser Zustände. Überdies trank er den stärksten
Kaffee, bevor er sich des Morgens ans Klavier
setzte, und rauchte scheußlich schweren Tabak,
den er sich in grünen Blättern von einer Muhme in
Lahr zu holen pflegte. Nun war in den ersten neuen
Frühlingstagen auch noch jener Seufzer: »Linele!«,
den wir bei unsrer Sängerfahrt zum ersten Mal von

ihm gehört hatten, zu einer vollgerechten
Liebschaft ausgewachsen. Allmählich hatte er alles
mir anvertraut: die allerliebste
Tischlermeistertochter wohnte ihm gerade
gegenüber, durch die Fenster hatten sie sich zuerst
gesehen, dann angesehen, blutrot und unter
starkem Herzschlagen, dann hatten kleine
Handbewegungen und Blumentöpfe ein
Verständnis vermittelt; er hatte ihr ein
Konzertbillett gesandt und, nachdem endlich die
ewige Musik zu Ende gewesen, das junge blonde
Kind durch manche überflüssige Gassen nach ihrer
Wohnung hingeleitet. In sein Notizbuch, das er mir
eines Tages aufgeschlagen in die Hand drückte,
hatte er das alles deutsch und französisch
durcheinander hingeschrieben: »Sa robe flottante
résonna comme une harpe éolienne! Und wie ich
den schön geformten Arm an meinem Herzen
fühlte! Es zitterte mir ins Gehirn hinauf, und alles
Denken wurde ausgelöscht. Wenn ich nur wüßte, ob
sie gleicherweis empfunden hat!«
Es stand noch mehr in diesem Büchlein: »Am 2.
Mai: Ich habe sie geküßt! Es ist zwar nicht zu
glauben; aber es ist dennoch wahr.
›Wie kannst mi nur so lieb habe?‹ sagte sie.
›Weshalb nicht? Bist du nicht das süßeste Geschöpf
zum Liebhaben?‹
›Ach, i weiß ja, i bin ja gar net schön!‹
Da nahm ich das liebe Wesen und hielt es ein wenig
von mir und sah sie an; ich hatte selbst noch nicht
daran gedacht. ›Nein, Linele‹ – ihre Augen schienen
von meinen Lippen lesen zu wollen – ›schön bist du
wohl nicht; aber weißt du, was hübsch ist? Ich
glaub, Linele, du bist wunderhübsch!‹
Sie blickte mich ganz verworren an: ›Was sagst,
Adolf? des verstand i net.‹

Und das Gesichtel sah so reizend dabei aus.
›Wenn ich es nur versteh, herztausiger Schatz!‹ rief ich fröhlich und küßte sie zum zweiten Mal.
›Ja freili, Adolf; aber jetzt sei brav; gelt?‹
Wo ist das Ende? Je ne pourrai jamais la laisser!«
Aber diese Liebe ließ ihn seine Pflicht niemals versäumen; wie eine Madonna erfüllte das Linele die Phantasie des Liebenden; sie war ihm Antrieb und Wächterin für alles Gute. So konnte denn auch der Handel den nächsten Freunden nicht verborgen bleiben; wenn wir auf sein Zimmer zur Versammlung kamen, unterließ wohl keiner, einen Blick aus dem Fenster zu werfen, ob sich nicht etwa drüben der unschuldige Mädchenkopf bei der Gardine vorbeuge.
– – Es war Mitte Mai, und die Dämmerung war eben angebrochen, als ich mit Franz und Walther zu Marx ins Zimmer trat; er stand vor seiner offenen Schatulle und kramte in einem Pappkasten, in dem er allerlei Zierlichkeiten und Schnurrpfeifereien zu bewahren pflegte; durch das offene Fenster sahen wir drüben die weiße Gardine sich bewegen.
»Was machst du, Marx?« fragte einer.
»Bitte, tretet ein wenig leiser!« sagte er, »ihr sollt mir singen helfen!« Dann nahm er drei kleine mit Rosen bemalte Wachskerzen aus seinem Schatzkasten, zündete sie an und klebte sie vor dem offenen Fenster auf die Fensterbank, wo sie bei der Stille der Luft ruhig weiterbrannten.
»Was sind das für Anstalten?« frug Walther. »Was sollen wir denn singen? Ein Ave Maria?«
Marx hob beschwichtigend seine Hand: »Setz dich ans Klavier, Walther; ihr andern stellt euch neben mich! – ›Es waren!‹« raunte er dann zu Walther hinüber.

Wir wußten Bescheid; wir hatten seit unserer Sängerfahrt außer den »Tropfen von Tau« noch andere Lieder gesungen und brauchten keine Noten. Bald standen wir an Marx' Seite vor dem Fenster, und in gedämpftem Tone klang das alte Lied in den Maiabend hinaus:

Es waren zwei Königskinder,
Die hatten einander so lieb,
Sie konnten beisammen nicht kommen,
Das Wasser war viel zu tief.

»Ach, Liebster, kannst du schwimmen,
So schwimm doch herüber zu mir;
Drei Kerzchen will ich anzünden,
Die sollen leuchten dir!«

Unserem Marx standen die dicken Tränen in den Augen, er war völlig »verturnt«, wie wir zu sagen pflegten; er drückte uns allen krampfhaft die Hand und warf sich dann in eine Sofaecke; drüben aber hatte die Gardine sich nicht mehr geregt.
Seit jenem Abend wurde das
für uns vier zum Signal; wir sangen oder pfiffen es, sei es, daß einer den andern von der Gasse aus zum Spaziergang herabrufen oder ihm sonst nur von dort etwas nach seinem hohen Kämmerlein hinauf zu melden hatte.
So gingen mehrere Monate hin; Marx war von höchstem Fleiße und gewann eine Innerlichkeit des Vortrags, die ich ihm zuvor nicht zugetraut hatte. Zwar im technischen Klavierspiel hatte er, vielleicht infolge jener verfrühten Übungen, mich schon lange überholt; er hatte begonnen, wenn wir allein waren, mir schwierige Sachen ohne Anstoß vorzuspielen; aber es war mir mitunter schwer

erträglich geworden, denn ich meinte zu fühlen, daß ihm etwas fehle, das mit dem Kern und Urquell aller Musik zusammenhing, was ich selber in mir trug, aber derzeit wegen mangelnder Technik nicht zum vollen Ausdruck bringen konnte. Bei der Reizbarkeit des Freundes wagte ich lange kein Wort darüber gegen ihn zu äußern; als ich mich später dennoch dazu überwand, gab er es freundlich zu; nur einmal sagte er traurig: »Mais – cela restera, mon ami.«
Jetzt aber wurde alles anders; namentlich mit Chopin ging er in den tiefsten Abgrund. Wie oft saß ich ihm nun zur Seite am Klavier, nur bittend, daß er es noch einmal und noch zum drittenmal spiele; endlich aber, wenn von der Gasse herauf der Wächterruf dazwischenklang, sprang er plötzlich auf, raffte seine Noten zusammen; und mich umarmend, rief er: »Genug, lieb Herze; da ist der Zuberklaus! Wie freut's mich, daß du heut zufrieden warst!« Und ehe ich mich besonnen hatte, war er schon zur Tür hinaus; aber ich stieg doch langsam hintennach, um unten für ihn aufzuschließen. »Es waren zwei Königskinder!« hörte ich ihn dann noch einmal im Fortgehen auf der Gasse pfeifen.
Auch das wurde wieder anders, oder vielmehr, es ging zurück; dieser glückliche Zustand, den ich in Gedanken »Linele« überschrieb, hörte auf. Wenn ich ihn bat, mir vorzuspielen, so hatte er immer einen andern Grund, es abzulehnen, und wenn es einmal geschah, so war es nur das Spiel von früher. Seine Stunden und Vorlesungen besuchte er zwar, aber er tat alles ohne innere Teilnahme; in der »Drehorgel«, wo er in den letzten Monaten am lebhaftesten die Register angezogen hatte, saß er jetzt schweigend mit gestütztem Kopf vor seinem

Seidel. Ich sah das eine Zeit mit an; dann faßte ich
einmal seine Hand: »Was ist dir, Marx? Du spielst
seit einiger Zeit wieder so seelenlos, so wie ein
Automat – ja so, als hättest du dein Linele
verloren!«
Da fiel er mir um den Hals: »Ich hab sie auch
verloren!« Und nun erfuhr ich's denn; seit einigen
Wochen hatte das Mädchen den Fenstersitz
vermieden; war sie einmal dagewesen, dann hatte
sie seine ihr so wohlverständlichen Aufforderungen
zu neuen Zusammenkünften mit traurigem
Kopfschütteln abgelehnt; in der letzten Woche war
sie völlig unsichtbar geblieben.
»Und wo«, frug ich halb neckend, »hatte sie denn
ihre Hand, als sie so hübsch ihr blondes Köpfchen
schüttelte?«
Seine Augen leuchteten auf, als habe er was
Verlorenes gefunden. »Ihre Hand? Ja, die drückte
sie auf die Brust.«
»Siehst du«, sagte ich, »das Herz ist noch dasselbe;
das andere sind nur Liebesirrwege; du mußt ihr
wieder auf den rechten Weg helfen!«
Aber er wollte es nicht zugeben. »Nein, Freund, es
ist wie in unserem alten Liede:

Das hört' ein falsches Nönnchen,
Die tät, als wenn sie schlief;
Sie tät die Kerzen auslöschen,
Der Jüngling ertrank so tief.«

Und er starrte düster vor sich hin.
»Marx!« rief ich, »ich fürchte nur, du selber bist das
Nönnchen!« Denn er litt wie an prickelndem
Ehrgeiz, so auch an einem gesellschaftlichen
Hochmut; sein Vater war in den besten Familien
ein geschätzter Mann und stand in freundlichem

Verkehr mit ihnen; der Sohn hatte oft nicht ohne
Gewicht zu mir davon gesprochen. Und jetzt liebte
er eine Handwerkerstochter mit der ganzen
Heftigkeit seines Wesens; ein sonst tadelloses
Mädchen, aber sie sprach nicht ganz richtig
Deutsch, sie schwäbelte ein wenig, was zwar von
den jungen Lippen lieblich klang; von Französisch
gar war ihr Gewissen völlig frei. Schon aus seinem
Tagebuch, hatte ich es herausgelesen, daß diese
Gegensätze ihn gequält hatten. Wie leicht, bei dem
lebhaften Menschen, konnte in ihrer Gegenwart ein
Wort darüber ihm entschlüpft sein und eine
kühlere Überlegung in dem Mädchen wachgerufen
haben.

Ich sagte ihm dies alles, aber er wollte mir nichts
zugeben.

Am zweiten Tage danach – ich wußte, er hatte ihr
noch einmal geschrieben – hörte ich unter meinem
Fenster die »Königskinder« pfeifen. Als ich öffnete,
stand Marx auf der Gasse und nickte heiter zu mir
herauf.

»Guten Morgen!« rief ich hinab. »Du siehst ja
gewaltig fröhlich aus!«

Er nickte: »Sehr!« rief er hinauf. Dann hielt er die
hohle Hand an seinen Mund: »Ich – soll« – und er
schrieb mit dem Finger ein großes L in die Luft –
»heut abend – sehen!«

»Gratuliere!« rief ich; und er nickte wieder und eilte
frohen Schritts von dannen.

Es war schon gegen Oktober, an einem
Mittwochabend; ich hatte mich eben für die
»Drehorgel« angezogen, hatte den Hut schon auf
dem Kopf und bürstete nur noch einige Fäserchen
von den Kleidern, da stürmte es die Treppe hinauf;
meine Tür wurde aufgerissen, und Marx stand vor
mir, totenblaß, sagte aber nichts, sondern begann

in meinem geräumigen Zimmer auf und ab zu
schreiten, knirschte mit den Zähnen, und ich sah,
wie seine Finger heftig in der Luft spielten.
»Was ist nun wieder?« rief ich, »hast du sie neulich
abends nicht getroffen?«
»Ja, was ist?« sagte er, indem er stehenblieb. »Als
ich in den Lauerschen Garten kam, wohin sie mich
bestellt hatte, lief ich lang und konnte sie nicht
finden. Aber ich fand sie doch; in einem wüsten,
vernachlässigten Winkel stand sie neben einer
verfallenen Laube und riß wie in Gedanken die
gelben Blätter von den Zweigen. Oh, mon ami,
sähest du je die Trauer in Augen von sechzehn
Jahren? – ›I hab dir was z'sagen, Adolf; deswege bin
i komme‹, hob sie zitternd an, aber sie kam nicht
weiter, sie brach in bitterliche Tränen aus und
sagte dann: ›'s druckt mir's Herz ab, aber i muß, i
muß!‹ Sie schwieg; ich wartete umsonst; aber dann
plötzlich schlug sie die Arme um meinen Nacken
und küßte mich, als ob sie mich ersticken wollte. ›O,
Adolf, guck, z' Tod möcht i di drucke und mi selber
mit!‹«
Marx begann wieder auf und ab zu gehen. »Wie ich
auch in sie drang«, sagte er, »ich bekam an jenem
Abend nichts zu wissen. – ›I kann nit, und wenn i
sterbe müeßt!‹ rief sie. – Sie hatte mich in die
Laube gezogen und den Kopf an meine Brust
gelegt. ›Laß mi bei dir sein!‹ sprach sie leise,
›morgen will i dir alles schreibe!‹ Das war das Ende.
Aber heute abend, eben – lies! Das hab ich mit der
Post bekommen!« Und er griff in die Tasche und
warf ein offenes Schreiben vor mir auf den Tisch.
Ich nahm es auf und las; es war von schulmäßiger
Mädchenhand geschrieben: »Ich hab gestern
Abschied von Dir nommen, Adolf; Du bist mein
Einzigs auf der Welt; aber es ging doch so nit meh;

Dein Vater ist ein fürnehmer Gelehrter, und ich bin
nur ein Meistertochter, das paßt nit z'sammen. –
Ich schick Dir auch Dein liebs Bild wieder, das Du
mir geschenkt hast; ich darf's nit anschaun mehr.
Aber behalt Du meines, ihr Männer habt ja
stärkere Natur. Oh, mei Schatz, mei lieber Schatz,
und so b'hüt Di Gott viel tausendmal!«
Es war nicht so gar leicht zu lesen, denn statt
manchen Wortes war nur eine Tränenspur. »Und
um dies liebe Blatt verzweifelst du?« frug ich. »Du
siehst nun, daß du selbst dein Nönnchen warst!«
»Was hilft's!« rief er; »sie ist fort, Gott weiß, wohin;
zu einer Tante oder Muhme, irgendwohin in der
weiten Welt!« Er hatte sich auf einen Stuhl
geworfen; nun sprang er wieder auf: »Komm, wir
wollen zur ›Drehorgel‹; es soll einen Rausch geben,
einen Rausch, der mich die Weiber vergessen läßt,
die uns das Herz aus der Brust nehmen und uns
dann am Wege liegenlassen!«
»Du solltest lieber zu Bett gehen, als dir einen
Rausch trinken!« sagte ich; denn er sah
gottsjämmerlich aus.
»Zu Bett?« wiederholte er und knirschte mit den
Zähnen. »Ja, in das letzte, um nicht wieder
aufzustehen.«
Ich suchte es ihm auszureden; ich wollte mit ihm
allein ins Freie gehen, aber er stampfte mit dem
Fuße, als ich den entgegengesetzten Weg
einzuschlagen suchte.
So gingen wir denn in die »Drehorgel«, die diesmal
vollzählig versammelt war. Ich fand Franz und
Walther und muß mir den Vorwurf machen, daß ich
mich zu ihnen setzte, denn ich wurde so von Marx
getrennt, der an ihnen vorbei in eine leere Ecke
ging und dort allein an einem Tische Platz nahm.
Aber ich hatte das Bedürfnis, eine Weile mit

normalen Menschen zu verkehren, und bald auch
waren wir in der lebhaftesten Unterhaltung, über
das letzte Konzert, über den Chorgesang, über die
Modulationslehre, die hier ein halbes Jahr in
Anspruch nahm. Ich muß gestehen, ich dachte
nicht an Marx; da, während ich eben für Wagner
eine Lanze brach, klopfte ein vorübergehender
Bekannter mich leise auf die Schulter: »Du,
möchtest du nicht mal nach Marx sehen?«
Ich war aufgesprungen und fand ihn noch auf
seinem platze: er saß mit verglasten Augen vor
seinem halbgeleerten Seidel, das er eine Handbreit
in die Höhe hob, dann aber wieder, ohne es berührt
zu haben, niedersetzte; ich suchte vergebens, mit
ihm zu reden. Um Hülfe zu holen, ging ich wieder
zu den Freunden, fand aber nur noch Walther; und
uns gelang es, den fast Sinnlosen aufzurichten und
den Weg nach Hause mit ihm einzuschlagen. Als
wir bei der Stiftskirche vorbeikamen, entriß er sich
uns plötzlich und warf sich auf die steinernen
Stufen zum Haupteingange. »So müde, ich bin so
müde«; lallte er: »laßt mich, hier ist gut schlafen!«
Damit streckte er sich und legte den Kopf auf
seinen Arm. Da wir ihn vergebens aufzuziehen
suchten, bat ich Walther: »Laß nur, ich will dich
erst nach Haus begleiten; ich bringe ihn nachher
schon fort!«
Walther, der wegen seines Tantenquartiers nicht
gerne spät nach Hause kam, nahm meinen
Vorschlag an. Als ich nach einer Viertelstunde
zurückkehrte, lag Marx noch ebenso, er schien in
festen Schlaf versunken. Ich strich ihm das dunkle
Haar aus dem Gesicht und neigte mich zu ihm.
»Komm!« rief ich ihm ins Ohr; »du sollst in deinem
Bett jetzt weiterschlafen, und wenn du willst, so
bleib ich bei dir!« Aber er schien es nicht zu hören;

erst als ich ihn schüttelte, warf er sich herum und riß seine Schulter aus meiner Hand. »Laß mich, verfluchter Deutscher!« schrie er.
»Marx, Marx!« rief ich, »erkenne mich doch! Ich bin es ja, dein Freund, dein lieb Herze, dein nordischer Siebenschläfer!«
Aber er stieß mit seinem Fuß nach mir, und als ich aufsah, war die Schildwache, die in der Nähe vor einem öffentlichen Gebäude stand, herangetreten.
»Se dürfet do koin so Lärm mache!« sagte der Soldat.
Das Gesicht des Trunkenen verzog sich, als ob er etwa ein rostiges Pistol zu spannen habe.
»Prussien!« schrie er die über ihm stehende Wache an; »dummer deutscher Söldling!«
Ich erschrak und hielt den Mann zurück, der ihn ergreifen wollte. Von diesem französischen Feuer hatte ich nimmer etwas bei unserem Freunde brennen sehen; noch in den letzten Ferien hatte er mir aus Metz geschrieben: »Spazierengehen ist nicht viel; ich fürchte immer von den Franzosen überfallen zu werden.« Aber jetzt aus dem Berauschten redete die Nationalität der Mutter; er sprach Französisch und fluchte auf die Deutschen.
»Ich bitte, lassen Sie ihn!« sagte ich zu dem Soldaten. »Sie sehen, er weiß nicht, was er spricht; ich will einen Freund holen, dann bringen wir ihn nach Haus.«
Der stieß mit dem Gewehrkolben auf das Pflaster: »So machet Se tapfer, denn sottiche Sache derfet mer net dulde.«
Ich lief mehr, als ich ging; gleichwohl mochte über eine Viertelstunde vergangen sein, bis ich mit Franz zurückkam. – Aber Marx war nicht mehr da; es war alles still, nur die Schildwache wandelte wieder, hundert Schritte davon, an ihrem alten

Platze auf und ab. Als wir zu ihr gingen, sah ich, daß es nicht mehr dieselbe war; doch soviel erfuhren wir: Marx war arretiert. Als wir zu dem entfernten Wachthause kamen, war er von dort schon auf die Polizei geschafft; auch dorthin gingen wir, aber wir standen vor einem dunklen und verschlossenen Hause. – So blieb uns nur, das eigene Bett zu suchen.

– – Am andern Morgen, es mochte etwa acht Uhr sein, erschien ein Polizist in meiner Stube und überreichte mir ein Schlüsselbund; er habe zu grüßen von Herrn Marx; ich möchte ihm doch Kleidung und reine Wäsche aus seiner Wohnung besorgen, er sei in der Nacht von der Wache auf die Polizei gebracht worden. Ich versprach das, aber der alte Graubart stand noch und schüttelte mißbilligend seinen Kopf. »D' Soldate send wüescht mit em umgange, nu – – Sie werdet's selber sea.« Nachdem ich darauf Franz in seiner Wohnung abgeholt hatte, gingen wir nach Marx' Zimmer, und wir beide suchten aus dessen Kommode das Nötigste zu sammen; dann beluden wir einen Knaben mit den Kleidern und begaben uns nach dem Rathause. Auf Befragen kam ein Mann mit schwerem Schlüsselbund, der uns durch mehrere Gänge in ein großes Gemach führte, wo viele Schreiber arbeitend an großen Tischen saßen. Hier schloß er seitwärts eine Tür auf, und wir traten in einen engen, scheinbar leeren Raum; nur in einer Ecke lag ein Haufen Heu und Stroh; daneben stand ein gefüllter hölzerner Napf mit ebensolchem Löffel, aus dem eine warme Flüssigkeit dampfte. Aus dem Streuhaufen erhob sich eine schwarze Gestalt, in der wir mit Mühe unsern Freund erkannten. Schwarz auch im Gesicht und an den Händen, wie vor Frost zitternd, streckte er seine

Arme uns entgegen; wir sahen bald, daß er von oben bis unten mit Kienruß eingerieben war. »Du bist krank«, sagte ich; »nimm doch einen Löffel von der warmen Suppe da!«

»Das soll ich fressen!« rief er grimmig und schüttelte sich schaudernd; »Gefangenenkost, nein, nein; ich ertrag das nicht, es gibt noch Wege aus der Welt heraus.«[623]

Wir kannten diese Reden und achteten nicht darauf, obgleich er sie ein paarmal wiederholte und dabei wie mitleidig auf seine feinen Hände sah.

Franz war fortgegangen und kam nun zurück. »Du bist frei«, sagte er, »du kannst nach Hause gehen, wann du willst; aber erst müssen wir aufs Bureau und wegen der an dir verübten Niedertracht eine Anzeige zu Protokoll geben!«

Marx wollte nicht in seinem jetzigen Zustande; aber Franz bestand darauf, das gehöre mit dazu; überhaupt, hier könne er nicht gereinigt werden. Als wir in hellere Räume traten, sahen wir erst, wie er zugerichtet war. »Ich bin geschändet, mein Leib ist ganz geschändet!« murmelte er.

»Marx, laß die dummen Reden!« hörte ich Franz sagen, indem er ihn die Treppe nach dem Bureau hinaufführte, »wenn du dich gewaschen hast, so ist die Schande aus!« – Sie stiegen weiter; ich ging aus dem Rathause, um eine verdeckte Droschke zu besorgen; und nach einer Weile fuhren wir mit Marx und seinen frischen Kleidern in irgendein Bad, und nachdem er mit vieler Mühe gereinigt und anders gekleidet war, in den Saal unserer ›Drehorgel‹, wo wir uns und vor allem unsern Freund durch einige Seidel und Bratwürstel wieder aufzurichten suchten.

Aber seit jener Nacht ging es dennoch abwärts mit unserem lieben Lavendel; sein Gang wurde schleichend, sein Gesicht magerer und seine Augen größer; niemals habe ich seitdem einen Wohlgeruch an ihm verspürt, der sonst bald in Rosen-, bald in Veilchen-, oder in dem Dufte seines Namens seinem wohlgepflegten Haar entströmte; am Klavier saß er nur noch, um den Lehrern gerecht zu werden oder um die Zeit nur hinzubringen; ich konnte mich nicht mehr überwinden, ihn zum Chopinspielen aufzufordern. Er wurde so reizbar, daß die andern Freunde sich allmählich von ihm zurückzogen und er seinen Umgang fast auf mich beschränkte. »Siehst du«, sagte er, »sie verachten mich! Sie wollen mich nicht mehr!« – Dann bat ich sie, und sie näherten sich ihm wieder; aber bei nächster Gelegenheit hatte er sie wieder aufs neue von sich gestoßen.

Man sagt von mir, daß ich ein geduldiger Mensch sei, und wenn ich an jene Zeit zurückdenke, so möchte ich es fast selber glauben. Einmal war Marx polizeilich vernommen worden; dann schien die Sache stillzustehen, wahrscheinlich war sie dem Gerichte übergeben worden; Vorladungen gelangten nicht an Marx. So ging eine Woche nach der anderen hin; er wurde immer aufgeregter und die häufigen Abendspaziergänge mit ihm immer peinlicher. »Geschändet! Geschändet!« begann er jetzt wieder zu murmeln, wenn er eine Weile in sich versunken neben mir gegangen war. Und wenn ich dawider sprach, dann fuhr er auf: »Du kannst das nicht beurteilen! Aus allen Ecken glotzt es auf mich zu; jeder Gassenbube! Ich möchte ihn an die Ohren schlagen! Mein Name, mein guter Name als nächtlicher Trunkenbold und Ruhestörer in den Straflisten! Als Bestrafter dem Direktorium des Konservatoriums angezeigt! Komm!« rief er plötzlich, ergriff meine Hand und zog mich aus der

Allee, in der wir gingen, in einen Seitenweg; »es ist so hell hier; hier sind so viele Leute! Was fang ich an? Es ist alles aus; ich kann mich nicht mehr sehen lassen. – Und die Zeitungen! Weißt du, die beiden Redakteure, die im Winter mit uns aßen! Ich begegne ihnen jeden Augenblick; die frechen Kerle sehen mich schon als ihre Beute an; das gibt einen Artikel – ah, sacré nom de Dieu!« Und er knirschte mit den Zähnen.

Ich suchte ihn zu beruhigen; jeden Abend redete ich dasselbe und jeden Abend umsonst, und immer wieder begann dasselbe Spiel aufs neue.

Die Justiz war ihm gleich einem furchtbaren gespenstischen Raubvogel, der unsichtbar über ihm schwebe, jeden Augenblick bereit, auf ihn herabzustoßen und mit den unentrinnbaren Krallen ihn zu packen. Wenn ich bei einem Besuche etwas heftig an seine Tür geklopft hatte, starrte er bei meinem Eintritt mir schier verstört entgegen: »Du? – Wie hast du mich erschreckt!« Saßen wir dann zusammen, und es wurden Schritte auf der Treppe laut, dann stand er auf und sagte zitternd: »Da kommt wohl der Gerichtsdiener, um mich vorzuladen!« Kam auf der Straße ein solcher uns entgegen, so zwang er mich, mit ihm umzukehren oder in irgendeinen Laden einzutreten, bis der Mann vorbei war, oder wenn ich nicht wollte, verließ er mich und kam nicht wieder. »Ich halt's nicht aus«, rief er einmal, »wenn das nicht bald zu Ende ist!«

– – Eines Oktoberabends, da ich versprochenermaßen zu ihm ging, sah ich auf dem Trottoir eine Mädchengestalt vor mir herschreiten, die mich auffallend an Linele erinnerte; sie hatte ein dunkles Tüchlein um den Kopf, und ich sah blonde Härchen von den Schläfen wehen, als sie eben unter einer Straßenleuchte ging. Sollte sie wieder in Stuttgart sein? Marx hatte mir kein Wort davon gesagt. Ich machte große Schritte, um sie einzuholen; als ich sie erreicht hatte, wandte sie den Kopf, und ich hatte mich nicht getäuscht, sie war es selber, die mit großen Kinderaugen mich so erschrocken ansah. Sie kannte mich, sie wußte von Marx, daß ich in ihr Verhältnis zu diesem völlig eingeweiht war; aber – ob wir beiden jungen Menschen im Augenblick das Richtige nicht zu finden wußten und es deshalb für immer versäumten – sie zögerte ein paar Sekunden; dann erwiderte sie meinen Gruß und schritt eilig mir voraus. Ich gewahrte noch, wie ein Begegnender ihr mit unverschämter Gebärde ins Gesicht sah, und hörte, wie sie einen leichten Schrei ausstieß; auch da trat ich nur laut einige Schritte vorwärts, so daß der Mensch sie gehen ließ; vergebens sagte ich mir später, daß sie mich traurig und wie hülfeflehend angesehen habe.

Stürmisch stieg ich die Treppen zu Marx hinauf. Er saß müßig im Sofa und hatte mit seinem scheußlichen Knaster das ganze Zimmer vollgedampft. »Du lärmst ja über die Maßen. Ist irgendwo der Himmel eingestürzt?« frug er gereizt und blies einen dicken Qualm von sich.

»Es geht nur dich an«, erwiderte ich. »Weißt du, daß dein Linele wieder hier ist? Ich bin ihr eben erst vorbeigegangen.«

Er sah mich lange wie mit toten Augen an. »Ich weiß es«, sagte er dann.

»Du hast sie schon gesprochen?«

»Was meinst du?«

Ich wiederholte meine Worte.

»Nein«, sagte er, »ich will sie auch nicht sprechen.«

»Du willst nicht? Weshalb willst du nicht?«

»Nein«, und er streckte seine Hände aus und schien
sie voll Mitleid zu betrachten, »das kann ich nicht;
ich darf das reine Kind mit diesen Händen nicht
berühren. Ach, lieb Herze, ich glaube, es ist alles
aus.«
Dann nahm er seine Pfeife wieder und vergrub sich
in der Sofaecke.
»Ich glaube, du bist ein Narr geworden!« schrie ich.
Aber er nickte nur: »Ich glaube es selbst mitunter.«
Ob Linele seinen Zustand ahnte; ob sie nicht oft
hinter ihrer Gardine beklommen und verlangend zu
ihm hinüberlauschte, davon erfuhr ich nichts; denn
es kam keine Gelegenheit wieder, mit ihr zu reden;
an sie zu schreiben aber wagte ich nicht.
Es waren noch köstliche Herbsttage; Marx hatte ich
eine kurze Zeit nicht gesehen, ich war mit den
übrigen Freunden von einem Sonnabend zum
Montag auf Wanderungen in dem schönen
Neckartal gewesen, wozu ich vergebens auch ihn zu
bereden versucht hatte. Jetzt war es am 24.
Oktober, noch früh am Vormittag; und ich werde
das Datum nie vergessen. Ich saß eben vertieft in
eine Harmonieaufgabe auf meiner Sofabank, aber
ich konnte augenblicklich nicht damit zustande
kommen, die falschen Quinten quälten mich, und so
sprang ich empor und riß das Fenster auf, um einen
Augenblick frische Luft zu atmen, da sah ich Marx
die Straße heraufkommen. Er ging langsam und
schien nicht aufzusehen; als er näher kam,
gewahrte ich, daß er ein Päckchen Papiere in seiner
Hand hielt.
»Guten Morgen!« rief ich hinunter.
Er schrak sichtlich zusammen. »Guten Morgen!«
rief er dann ebenfalls.
»Wohin willst du? Und was für Papiere trägst du
da?«

»Ich bin wieder vorgeladen«, rief er hinauf, »ich gehe aufs Gericht!«
»Gott Dank! So wirst du ja die Torheit endlich mal los; mach's gut!«
Er nickte, aber schon im Weitergehen und ohne nach mir umzuschauen.
Ich hatte schon wieder ein Weilchen hinter meinen Noten gesessen und wollte eben zum Niederschreiben eines glücklichen Gedankens die Feder ansetzen, da war mir, als hörte ich es von der Straße her pfeifen; kaum hörbar, aber doch: »Es waren zwei Königskinder.«
Dann kam es noch einmal, ganz deutlich; ich warf die Feder hin und lief ans Fenster, das noch offenstand; ich weiß nicht, wie mir war; als ob ich Unheimliches erfahren sollte. Als ich mich umsah, gewahrte ich Marx an einer entfernten Straßenecke; ich sah sein Antlitz nicht ganz deutlich, aber mir war, als blickte er mich unaussprechlich liebevoll und traurig an.
»Marx!« rief ich. Er antwortete nicht, er blieb nur unbeweglich stehen und sah mich immer an; dann nickte er mir noch einmal langsam zu, und dann war er verschwunden.
Ich schloß das Fenster und setzte mich wieder an meine Arbeit, um den vorhin gefaßten Gedanken niederzuschreiben; aber ich hatte ihn vergessen, ich konnte überhaupt nicht arbeiten; immer sah ich Marx so wunderlich an jener Ecke stehen und lautlos dann verschwinden. Weshalb denn hatte er mich gerufen? Was wollte er? Mich nur noch einmal sehen? Ich sprang auf. Nur noch einmal? Woher kam mir der Gedanke? Aber es war doch seltsam, und mir lag es wie ein Zentner auf der Brust.
Ich hatte eine Klavierstunde auf dem Konservatorium zu nehmen; ich zog mich an und

ging auf einem längeren Umwege dahin. Als ich bei der Wohnung des Portiers vorbeiging, trat dessen Frau heraus und überreichte mir ein in Papier geschlagenes Päckchen. »Des soll i Ihne vom Herrn Marx gebe«, sagte sie, »aber sieht der jetzt aus! Brot könnt man mit ihm bettle.«

Ich erschrak heftig, denn es war offenbar dasselbe Päckchen, das ich vorhin in der Hand des Freundes gesehen hatte. Als ich in das Klavierzimmer trat, war noch niemand da, und ich machte mich mit zitternder Hand daran, die Bindfäden aufzulösen: seine mir bekannten Notizbücher mit den Bekenntnissen seiner Liebe; darin Lineles Bildnis, ein Papier mit blonden Härchen, zwei Konzertbillette für morgen, vertrocknete Blumen – das alles fand ich, aber kein aufklärendes Wort dabei.

Als der Professor eingetreten war, ging es mir wie Marx nach unserer Sängerfahrt: ich spielte ohne jeden Anstoß, die schwierigsten Passagen flogen mir nur so aus den Fingern, daß der Lehrer mich befremdet und doch höchst beifällig ansah. Aber es ging nicht länger, ich sprang auf: »Verzeihung, Herr Professor! Ich kann nicht länger spielen!«

»Ei, wie? Sie spielen ja heute über alle Maßen!«

»Eben deshalb!« Und ich erzählte ihm, was vorgefallen war.

Mein Lehrer war derselbe gütige Mann, der auch Marx unterrichtet hatte. Er war gleich mir erschrocken: »Das gibt ein Unheil!« rief er. »Kommen Sie, es ist keine Zeit zu verlieren, wir müssen auf die Polizei; es muß Anzeige gemacht werden; Gott weiß, was der im Sinne hat!«

»Was meinen Sie?« frag ich beklommen.

»Nun – mir ist bei ihm mitunter gewesen, als könne er gelegentlich um einen Pfifferling sein Leben aus dem Fenster werfen! Aber, daß wir auch das Rechte tun, suchen Sie erst Näheres zu erfahren, vielleicht – wer weiß, ihn selbst zu finden!«

Ich rannte fort, zuerst nach seiner Wohnung, dann zu den Freunden und mit ihnen überall hin, wo wir ihn nur vermuten konnten; aber wir erfuhren nichts; ich war noch ohne Mittagessen, als ich nach meiner Wohnung zurückkehrte.

»Auf Ihrem Tisch liegt e Brief!« sagte mein zehnjähriges Schneiderdirnlein, als ich meine Treppen erklommen hatte.

Ja da lag ein Brief; ich riß ihn auf, er war von Marx.

»Es ist aus«, schrieb er, »ich kann nicht weiter. Mein Freund, mein liebes Herze, verzeih mir, daß ich Dich verlasse! Geht nach dem Vogelsangsee, dort findet ihr, was von mir übrig, aber für alle Lebensnot nicht mehr empfindlich ist, und sorget gütig, daß auch das zur Ruhe kommt. Und dann – behalt mich noch ein wenig lieb!«

So weit las ich unter stürzenden Tränen; dann folgte eine Verteilung seiner kleinen Habseligkeiten, an mich seine liebsten Noten, einen Ring von Linele – meine Augen flogen nur darüber hin. Ich lief zu den Freunden, wir umwanderten das Ufer des umwaldeten Sees, wir schoben mit unseren Stöcken die breiten Blätter der Wasserpflanzen auseinander, wir bogen jeden Busch zurück, aber wir fanden nichts. Noch am selben Abend benachrichtigten wir die Polizei, aber auch ihre Bemühungen, soweit sie solche angewendet, waren ohne Erfolg.

Zwei Tage später war ein Sonntag; Franz und ich waren aus der Stadt gegangen und allmählich, und wie selbstverständlich, an den Vogelsangsee gekommen. Wir sprachen von Marx, wir dachten in

diesen Tagen an nichts anderes. Hatte er uns nur täuschen wollen, um allem, was ihn hier bedrängte, gründlich zu entfliehen, oder hatte er wirklich vor sein Leben selbst den schwarzen Strich gezogen? Wir erörterten es mit allen Gründen aus der Sache und seiner eigenen Persönlichkeit.
Es war einer der allerletzten schönen Spätherbsttage; die letzten Vögel, sogar noch einzelne Drosseln huschten zirpend und krächzend durch die Büsche, während wir am Ufer hingingen. Ein Eichhörnchen, das auf dem Erdboden an uns vorüberlief und dann in den durchfallenden Sonnenlichtern sich von Baum zu Baum schwang, lockte uns in den Wald hinein; wir sahen nur nach dem behenden Tierchen, indem wir ihm voll Eifer folgten, und so gerieten wir immer weiter durch Hülsen und Ranken, einmal durch fast mannshohes Farrenblattwerk. Die Bäume wurden immer mächtiger und der Wald düsterer; zuletzt, als eben das Tier in einem noch dichten Buchenwipfel uns entschwand, standen wir in einem uns noch unbekannten feuchten Grunde, wo die hohen Laubkronen fast keinen Sonnenstrahl zur Erde ließen; es war totenstill, fast andächtig schauten wir uns um, da rührte Franz an meine Schulter.
»Du«, sagte er leise, »sieh einmal nach jener Eiche, es ist der neunte Baum nach dieser Buche hier! Unten am Stamme, auf den dicken Wurzeln – sitzt da nicht einer?«
Es kam mir auch so vor, aber bei meiner Kurzsichtigkeit konnte ich Bestimmtes nicht erkennen.
Franz war einige Schritte vorwärts gegangen. »Marx!« rief er freudig und rannte eilig weiter; dann aber erscholl ein Schrei, der mir durch alle Glieder zitterte.

Ich wußte wohl, daß Franz es war, der so geschrien hatte, und fast ohne Besinnung war ich auf ihn zugerannt.
Da stand er und starrte mit entsetzten Blicken auf den, der da am Stamm der Eiche stumm und unbeweglich, mit halboffenen Augenlidern vor ihm saß, und griff, wie um einen Halt zu finden, rückwärts nach meiner Hand. »Er ist tot!« sagte er dann.
Es war freilich Marx; aber wir standen nur vor seiner Leiche, und die Fliegen und Ameisen des Waldes liefen geschäftig auf seinen Händen, auf seinem bleichen toten Angesicht; die rechte Hand war auf die Wurzeln des Riesenbaumes hinabgesunken; dicht daneben lag ein Terzerol, das wir früher nicht bei ihm gesehen hatten, und als ich es aufhob, sah ich, daß es abgeschossen war. Er hatte seine schwarzen Sonntagskleider angezogen, die er sonst so sorgsam in dem Schrank seiner Wirtin zu verschließen pflegte; er hatte anständig aus der Welt gehen, er hatte dem Konservatorium keine Schande machen wollen.
Franz wies mit ausgestrecktem Finger auf ein kleines Loch in seiner Weste, wovon ein dunkler Streif in seinen Schoß hinabging. Er hatte sich mitten durch das Herz geschossen.
Franz wollte gehen: »Es hilft nichts, wir müssen Anzeige machen!«
Aber ich hielt ihn zurück: »Noch ein paar Augenblicke allein mit unserem Freund! Es ist hier wie in einem großen leeren Dom, und das ist unsere allerletzte Versammlung!«
Wie lange wir noch bei ihm gewesen, weiß ich nicht; aber ein Rabe, der über uns aus dem Wipfel schrie, schreckte uns auf, und so gingen wir zur Stadt zurück und taten, was uns jetzt noch oblag.

Die Eltern waren durch mich von dem Verschwinden des Sohnes schon benachrichtigt; ich hatte nun ein Telegramm folgen lassen.
Und dann haben wir ihn begraben; das Gefolge war nur klein, aber der gute Professor war doch auch darunter. Als der Sarg hinabgelassen, die Schaufelwürfe darauf gefallen waren und die Folger sich zerstreut hatten, stand ich noch an der halb zugeworfenen Grube, als ein leises Schluchzen zu mir drang. Wie ich mich umblickte, sah ich das Linele seitwärts hinter einem Monumente stehen, und ich ging zu ihr und faßte schweigend ihre Hand.
»Daß so was über mi komme mueß!« sagte sie weinend, »und i hab doch net anders könne!«
Ich bin ihr wohl ein schlechter Tröster gewesen, da wir miteinander nach der Stadt zurückgingen. Aber das treffliche Mädchen, das wie gern die Eltern als des lebenden Sohnes Weib gesehen hätten, sorgte, bevor noch jene daran denken konnten, für die Instandsetzung des Grabes und bepflanzte es mit eigenen Händen, damit, wie sie mir sagte, doch keiner glaube, daß ein Vergessener hier liege.«
Der Erzähler schwieg eine Weile.
»Mein armer, törichter, herzlieber Freund«, rief er dann, »nein, vergessen bist du nicht, ich habe deine letzte Bitte wohl behalten!«
Er war aufgestanden. »Gute Nacht!« sagte er. »Seht nur, wie über uns die Sterne funkeln! – Doch noch eines muß ich sagen: die ›Königskinder‹ blieben auch ferner unser Signal; aber wir pfiffen es nur noch in Moll.«
Er drückte uns die Hand und ging; und noch in der Nacht hörte ich ihn in seinem Zimmer auf und ab schreiten.

Von demselben Autor sind bei BOD bereits erschienen:

Alle Tage Feiertage
ISBN 978-3-7386-0409-2, 280 S.
Allerlei Anlässe zum Aktionieren, Feiern und Gedenken

Feste & Feiern
ISBN 978-3-7386-0407-8, 104 S.
Ein kleiner privater Kalender mit allerlei Feier- und Gedenktagen

100 Kinderlieder
ISBN 978-3-7322-3024-2, 112 S.
100 Kinderlieder, altbekannt und immer wieder gern gesungen

Liederbuch (Deutsche Volkslieder)
ISBN 978-3-8423-6702-9, 312 S.
300 Volkslieder aus 8 Jahrhunderten und aller Herren Länder

Tausenderlei über die Freiheit
ISBN 978-3-7322-9721-4, 140 S.
Mehr als 1000 Zitate, Bonmots und Aphorismen über die Freiheit

Tausenderlei über das Glück
ISBN 978-3-7322-5525-2, 160 S.
Mehr als 1000 Zitate, Bonmots und Aphorismen über das Glück

Tausenderlei über die Liebe
ISBN 978-3-8423-7474-4, 140 S.
Mehr als 1000 Zitate, Bonmots und Aphorismen zum Thema Nr. Eins

Weihnachtsgedichte– Verse, Reime und Gedichte zum Fest
ISBN 978-3-7347-6393-9, 352 S.
290 Werke bekannter und unbekannter Dichter zum Weihnachtsfest

Weihnachtsgeschichten - Erzählungen und Märchen
ISBN 978-3-7347-6404-2, 392 S.
85 kurze und lange Texte zur Weihnachtszeit

100 Weihnachtslieder
ISBN 978-3-7322-3375-5, 112 S.
100 Weihnachtslieder aus der Heimat und der ganzen Welt

Lob und Tadel an tessitore@web.de